I0556976

www.ingramcontent.com/pod-product-compliance
Lightning Source LLC
Chambersburg PA
CBHW072047170626
46811CB00008B/3193
9781005092962

دوامة العمر

مجموعة قصص قصيرة

إعداد وتحرير: رأفت علام

مكتبة المشرق الإلكترونية

صدر في ديسمبر ٢٠٢٠ عن مكتبة المشرق الإلكترونية – مصر

Table of Contents

دوامة العمر

من المؤكد أن قصة (رامي) و(نورا) كانت عادية جدًا في البداية، فلقد التقيا، وتعارفا، وأحب كل منهما الآخر، ثم تقدَّم (رامي) لخطبة (نورا).. وأبدي والدها بعض الاعتراض في البداية، حتى عثر (رامي) على شقة مناسبة، وتمت خطبتها، التي استغرقت عامًا واحدًا، تمّ بعده زفافهما، الذي لم يمض عام واحد عليه، حتى وضعت (نورا) طفلها الأوَّل، الذي أطلقت عليه اسم (أدهم)..

إلى هنا والقصة عادية بالطبع..

حتى عندما بدأت مشكلة البحث عن مكان ل(أدهم)، لتذهب (نورا) إلى عملها اليومي، ظل الأمر مألوفًا عاديًا، لولا أن تكوَّرت بطن (نورا) مرة ثانية، بعد أشهر قليلة لتعلن عن قرب قدوم الطفل الثاني، الذي لم يستعد الزوجان لاستقباله بعد..

ولكن الطفل الثاني أتى، بعد أقل من عام، من مولد (أدهم)، وجاء أنثى جميلة هذه المرة، لها نظرة أمها، وابتسامة أبيها..

وعندئذ بدأت المشكلة..

كيف يمكن أن تعمل (نورا)، ولديها طفلان، لا يفصلهما سوى عام واحد من العمر؟..!

وفي البداية، بذلت (نورا) جهدًا مضاعفًا، لنقل الطفلين إلى منزل أمها كل صباح، ثم الذهاب إلى عملها في التاسعة، والعودة منه في الثالثة، لتحمل طفليها مرة ثانية، إلى منزلها، الذي تبلغه في الخامسة، وهي تلهث من شدة التعب والإرهاق..

ولكن (رامي) لم يحتمل هذا..

لقد حاول الاحتمال، والحق يقال، إلا أن المجهود المضاعف، الذي تبذله (نورا)، ورعايتها المستمرة لطفليها، جاءت على حساب علاقتها به، واهتمامها بعمله الخاص، وبمأكله وملبسه، حتى جاء يوم ممطر، واجهها فيه قائلًا:

- هل سيستمر الوضع على هذه الصورة؟

قالت في عصبية:

- وماذا يمكنني أن أفعل؟ إنني أعمل من الصباح حتى المساء، ثم أهتم بالطفلين والمنزل.

سألها في ضيق :

- وماذا عني أنا؟

واجهته بأسلوب عدواني :

- ماذا عنك؟!.. يمكنك أن ترعى شؤونك بنفسك، ولا تنتظر مني أن أخدمك، وأن أرعى شؤونك أيضًا.. فكلانا يعمل، وأنا أبذل جهدًا أكبر، في رعاية المنزل والأطفال.

هتف غاضبًا :

- أهذا أسلوب تخاطب به زوجة زوجها؟

صرخت في وجهه :

- وكيف تريد مني أن أعاملك؟

أغضبه أسلوبها العصبي العنيف في شدة، ولكنه سيطر على أعصابه في حزم، وسألها وهو ينتفض غضبًا في أعماقه، على الرغم من هدوء صوته وملامحه:

- أتجدين أنه من العسير عليك القيام بعملك وبواجباتك كزوجة، في الوقت ذاته؟

صاحت محتدة :

- بالطبع.. حاول أن تجرب أنت هذا، وأن ..

قاطعها في حزم وصرامة:

- اتركي العمل إذن .

بترت عبارتها، وحدَّقت في وجهه بدهشة، وهي تردد:

- أترك العمل؟ !

أجابها في قوة:

- نعم يا (نورا).. اتركي العمل.. لو أنك تعجزين عن التوفيق بينه وبين بيتك، وواجباتك كزوجة وأم، فاتركيه.. هذا مايحتمه عليك واجبك.

صاحت به في حدة:

- هل جننت؟.. إنني ناجحة في عملي، وسأحصل على علاوة، مع بداية العام الجديد، و..

قاطعها غاضبًا:

- وماذا؟.. إنك زوجة وأم، في المقام الأوَّل، وأنا أشعر أن طفليَّ يعانيان بسبب عدم تفرغ أمهما لهما.

قالت محتدة :

- إنني أمنحهما كل رعايتي، بعد عودتي من العمل.

قال في صرامة:

- بهذه العصبية وهذا التوتر؟!.. إنك تصرخين في وجهيهما طوال الوقت، ولا تحتملين أي خطأ يصدر منهما، وتعاقبينهما في عنف، دون رحمة أو شفقة.
هتفت:
- لأنني متعبة طيلة النهار.
قال في حدة :
- أرأيت؟!.. هأنتذى تعترفين بصحة وجهة نظري.
أدركت صحة قوله هذه المرة، فعضت شفتيها في غيظ، ثم قالت في صرامة:
- ولو يا (رامي).. لن أترك العمل أبدًا .
صاح بها:
- ولن أسمح لك بالاستمرار فيه، على حساب منزلك وطفليك .
صرخت:
- ومن قال إنك تمتلك حق السماح والمنع؟
قال في دهشة :
- أنا زوجك.
عقدت مساعيها أمام صدرها في حزم، وهي تقول في عناد:
- لقد تزوَّجتني وأنا أعمل، والقانون لا يمنحك الحق في منعي من العمل، في هذه الحالة.
هتف بدهشة أكثر :
- القانون؟!
ثم أضاف في مرارة:
- لست أتحدَّث عن القانون يا (نورا)، ولن ألجا إليه أبدًا.. إنني أتحدَّث معك كزوجة.
قالت في عناد أكثر :
- وأنا أرفض مجرَد التفكير في الأمر .
تفجَرت كل شياطين الغضب في وجهه، وهبّ واقفًا، وهو يقول:
- لا بأس يا (نورا).. أنت دفعتني إلى هذا.
وشد قامته، مستطردًا في حزم:
- إنني أضعك أمام خيارين، لا ثالث لهما يا (نورا)، إما أن تتركي العمل، وتتقدمي باستقالتك صباح الغد، أو..
ترددَّ لحظة، فسألته في حدة:
- أو ماذا؟

بدا شديد المرارة، وهو يجيب:
- أو نفترق يا (نورا).. أعني الطلاق، لو أنك أردت توضيحًا أكثر.
احتقن وجهها في شدة، وردَّدت :
- الطلاق؟!
ثم استطردت في غضب:
- أتهدَّدني يا (رامي)؟
أجابها في صرامة:
- إنني أجبرك على اتخاذ خطوة واضحة حاسمة، بشأن حياتنا.
عاودها عنادها في شدة، وهي تقول:
- وأنا أرفض يا (رامي).. أرفض ترك العمل، وبكل إصرار.
تفجَر عناده أيضًا، وصاح في وجهها:
- أنت طالق إذن يا (ليلى) طالق.. طالق.
وكانت مفاجأة للأسرتين.. أسرته وأسرتها..
- لم يتصوَّر مخلوق واحد أن يتم طلاق (رامي) و(نورا)، بعد قصة الحب التي جمعتهما، والتي انتهت بزواجهما، من عامين أو أقل..
وتدخل العديدون للإصلاح بينهما، وإعادة المياه إلى مجاريها.. ولكن دون فائدة ..
لم يتنازل (رامي) عن إصراره، ولم تتخل (نورا) عن عنادها.. وافترقا..
وبحكم القانون، حصلت (نورا) على الشقة، وعلى حضانة طفليها، واستأجرت من مبلغ النفقة، التي يدفعها لها (رامي) شهريًا، خادمة محترفة، لتبقى مع أطفالها، طوال فترة عملها..
وطوال العام الأوَّل بعد الطلاق، كانت (نورا) تبدو قوية متماسكة، واثقة من أن (رامي) سيعود إليها نادمًا، بعد أن يفيق من ثورته، ويدرك أن طلاقهما قد أفقده شقته وأولاده، وأفقده إياها أيضًا، بل لقد بدأت بالفعل في التخطيط لعودته، وفي التدرب على أسلوب مقابلته وتعنيفه، ومعاقبته على ما ارتكبه من أخطاء في حقها..
ولكن (رامي) لم يعد.. إنه لم يبق حتى في (مصر) كلها..
لقد سافر للعمل في واحدة من دول الخليج، وانقطعت أخباره فيها لعامين كاملين، بذلت فيهما (نورا) أربعة أضعاف ما كانت تبذله من جهد، بعد أن صار عليها أن تلعب دور الأب والأم في آن واحد..
ثم عاد (رامي)..

لم يعد إليها، وإنما عاد إلى (القاهرة)، وابتاع شقة جديدة، وكأنه يعلن تنازله الدائم عنها، وعن شقته القديمة، وبدأ مشروعًا صغيرًا، لم يلبث أن تطوَّر خلال العام التالى، وأصبح مشروعًا معقولًا، يمنحه دخلًا جيدًا.

ولم يبخل (رامي) على أبنائه بالإنفاق، بل راح يمنحهم كل ما يمكنه، بغض النظر عن قيمة النفقة الشرعية، التي يدفعها لهم ولأمهم شهريًا.

وبدأت (نورا) تشعر بالوحدة..

ولأوَّل مرة، بعد أكثر من ثلاث سنوات من الطلاق، اعترفت لنفسها بأنها لم تعد تحتمل وحدتها، وأنها تتوق لعودة (رامي) إليها..

ثم جاءت الضربة القاصمة..

لقد تزوج (رامي)..

تزوج في هدوء، من واحدة من قريباته، لا تعمل في الحكومة أو القطاع الخاص، واستقر معها في شقته الجديدة.. وبدأ الناس يتحدثون عن سعادتهما وحبهما واستقرارهما، وخاصة بعد أن أنجبا طفلة جميلة، لها ملامح أمها وذكاء أبيها..

وانهارت مشاعر (نورا)..

وانهار معها الأمل في عودة (رامي) إليها..

وفي البداية انتابها الغضب، وراحت تلعن (رامي)، والزواج.. وحياتها كلها.

ثم قررت معاملته بالمثل..

والمثل هنا يعني أن تتزوج، وتستقر مثله، ويصبح لديها زوج وأولاد جدد، و..

ولكن من يقبل الزواج منها ..

من يقبل الزواج من امرأة تخطت الثلاثين، مطلقة ولها طفلان؟

كلها عقبات تقف في طريق الزواج، من وجهة نظر المجتمع..

وامتلأت نفسها بمرارة لا حدود لها، جعلتها تهمل عملها، وأولادها، وحياتها كلها، وتصاب بحالة من الإحباط واليأس، لم تشعر بمثلها من قبل.

وفجأة لاح الأمل..

ففي يوم صحو، زارتها شقيقتها (نادين)، وقالت لها في حرارة:

- (نورا).. عندي عريس لك.

رددت في دهشة:

- عريس؟

قالتها وقلبها يخفق في مرح وسعادة، بعد أن أعاد إليها هذا شعورها بأنوثتها، وبأنها لا تزال امرأة مرغوبة، يمكنها الزواج والإنجاب، وليست مجرد كيان مهمل، ألقاه (رامي) خلفه، وتركه يتحلل في عزلته..

وفي لهفة لم تحاول إخفاءها، سألت شقيقتها:

- من هو؟.. ولماذا يطلب الزواج مني؟

أجابتها (نادين) في فرح:

- رجل أعمال ثري، في الرابعة والأربعين من عمره، وهو صديق لزوجي (علي)، ورآك في أثناء إحدى زياراتك لنا.. الأروع أنه يعرف عنك كل شيء، ويطلب الزواج منك.. ما رأيك يا (نورا)؟

تضاعفت فرحتها، وهي تقول:

- أريد أن أراه أولًا.

هتفت بها (نادين):

- بالتأكيد.. إنه سيزورنا اليوم، وأريد منك أن تأتي في أبهى زينتك، حتى تبهريه، ويسارع بإتمام الزواج.

أومأت برأسها إيجابًا في حرارة، وقد تخضب وجهها بحمرة الخجل، كما لو كانت مراهقة صغيرة، تتلقى عرض الزواج الأوَّل في عمرها..

وفي الموعد المحدود، كانت (نورا) في منزل شقيقتها، في أبهى صورة، ولقد استقبلت العريس المنشود بابتسامة خجلى، وصافحته بأطراف أصابعها، ثم جلست أمامه والخجل يضفي على وجهها مزيدًا من الجمال والنعومة..

ولكنها. في أعماق نفسها. اعترفت بأنه أقل وسامة من (رامي) بكثير..

صحيح إنه ثري، ومعروف إلى حد ما، ولكن شكله لا يمكن أن يوصف أبدًا بالملاحة، وكذلك صوته الأجش، وهو يقول:

- كم يسعدني أن ألتقي بك.

همهمت بكلمات خافتة، وهي تقنع نفسها بأنه فرصة لن تعوض، على الرغم من عيوبه، فنقاط الضعف لديها أكبر وأكثر من هذه العيوب، ومن المحتم عليها أن تقبله، وإلا فقد لا يتقدم شخص آخر للزواج منها، مابقى لها من العمر.. فسنها تتقدّم مع مرور الوقت، وجمالها سيذوي، ويذبل، وحيويتها ستذهب..

إنه بالفعل فرصتها الأخيرة..

وفي زهو، أشعل الرجل سيجارته، ونفث دخانها في عمق، وهو يقول ملوحًا بكفه، التي يزينها خاتم ذهبي ضخم:

ـ سأدفع المهر الذي تطلبينه، وسأبتاع لك أفضل شبكة في العالم، على نحو يشرفني ويشرفك، وسنقيم في فيلتي الجديدة، في مدينة (نصر)، أما عن طفليك، فسيكونان كولدي تمامًا، وسأمنحهما كل العناية والرعاية، حتى ننجب لهما شقيقًا أو شقيقة.

شعرت بالارتياح مع حديثه، الذي يحرر ها من كل ما كان يقلقها بشأن حياتها وأولادها، فاستكانت في مقعدها، وتركته يواصل حديثه، وهي تستمع إليه في صمت، وعلى شفتيها ابتسامة هادئة مستسلمة، حتى اعتدل في مقعده، والتقى حاجباه في صرامة، وهو يقول:

ـ سأمنحك كل ما تريدين، ولكن لي شرط واحد.

هوى قلبها بين ضلوعها، وهي تسأله:

ـ ما هو؟

أجاب في حزم:

ـ لست أحب المرأة العاملة.. أريدك زوجة فقط.. بدون عمل.

ولم تتردد لحظة واحدة ..

ووافقت على أن تكون في حياته مجرد زوجة ..

وبدون عمل..

☆ ☆ ☆

نذير شؤم

كله من هذا الغراب..
صدقني يا سيادة وكيل النيابة.. هذا الغراب وحده هو المسؤول، عن كل ما أصابني، وأصاب جارتنا المسكينة ..
خذها مني كلمة.. كل الغربان نذير شؤم..
أنا أومن بهذا منذ حداثتي..
أمي علمتني هذا..
وكذلك أبي..
ثم إن الدلائل كلها تشير إلى هذا..
هل تشك فيما أقول؟
هل تتصوَّر أنني شخص معتوه أو متخلف؟..
حسنٌ.. اسمع القصة من بدايتها، ثم أصدر حكمك عليَّ..
لقد واجهنا هذا الغراب اللعين بنعيبة الكئيب، منذ اللحظة الأولى، التي انتقلنا فيها للسكن في هذه الشقة الجديدة..
كنا نرتب أثاثنا فيها، عندما سمعت نعيبه للمرة الأولى، فهتفت في انزعاج:
- يا للهول.. نعيب غراب.. إنها شقة شؤم.
ضحكت زوجتى المأفونة، عندما سمعت مني هذا القول، وربَّتت على كتفي، قائلة:
- دعك من هذا يا رجل.. الشقة جميلة، وتطلّ على مشهد رائع، وريحها طيب.. والحقيقة أننا جميعًا نحبها.
ولكنني لم أشاركهم فرحتهم الغبية..
كنت واثقًا بأنه سيحدث أمر رهيب يومًا ما، ما دام هذا الغراب قد استقبلنا بنعيبه..
وجلست أنتظر هذا الأمر، حتى كان اليوم العاشر، عندما سمعت ابني يصرخ، فصحت في أمه:
- ماذا أصاب الصغير؟
أجابتني في قلق:
- يبدو أنه يعاني اضطرابًا معويًا..
هتفت:
- أرأيت؟!.. ألم أقل لكم؟!.. هذا الغراب أتي إلينا بالشؤم.
شهقت زوجتي في ارتياع، وقالت:

- أي شؤم يا رجل.. معاذ الله.. إنه قليل من المغص المعوي، وسينتهي بعد قليل بإذن الله.

صرخت فيها، وسببتها، ولعنتها، وأكدت لها للمرة الألف أن نعيب الغراب علامة شؤم، ولكنها لم تبد اهتمامًا يذكر، وحملت الصغير إلى الطبيب، الذي قلبه يمينًا ويسارًا، ثم أفتى بأنه يعاني عسر هضم، لكثرة ما يتناوله من مياه غازية، ووصف له عقارًا واحدًا، لم يكد ذلك الشيطان يتناول منه ملعقة واحدة، حتى اختفى الاضطراب المعوي، وعاد يملأ البيت صياحًا وصراخًا كالعفريت..

وعندئذ سخرت مني زوجتي اللعينة.

ولكني كنت أعلم أنها واهمة..

كل ما في الأمر أن الكارثة لم تأت بعد..

والأدهى - يا سيادة وكيل النيابة - أنني لم أعد أنعم بطعم النوم، فذلك الغراب الملعون استأجر غصن الشجرة التي تطل عليها شرفة المنزل الرئيسية، ولا يتوقف عن النعيب ليلًا ونهارًا، حتى أكاد أنهار..

وفي كل يوم أستيقظ على صوته..

ويا له من استيقاظ!!

تخيَّل نفسك تستيقظ كل يوم بصدر منقبض..

هل يمكن أن يهنأ بالك قط؟..!

لقد فقدت كل إحساس بمتع الحياة، وأصبحت الدنيا بالنسبة إليّ رحلة عذاب، أترقب خلالها ذلك الحدث الرهيب، الذي أومن بأنه آت لا ريب..

بل وأنتظره..

خذ مثلًا حادثة السيارة..

كنت عائدًا إلى المنزل، عندما سمعت فرقعة عجيبة في المحرَّك، فأوقفت السيارة على جانب الطريق، وأسرعت أكشف غطاء المحرك..

ويا لهول ما رأيت..!

كان المحرك يحترق..

يحترق يا سيادة وكيل النيابة..

وبكل ما أملك من سرعة، انتزعت اسطوانة إطفاء الحريق، وغمرت المحرَّك بمسحوقها، وجلست إلى جواره ألهث، وأكاد أصاب بنوبة قلبية، وعندما أخبرت زوجتى السخيفة بهذا، وأشرت إلى غراب الشؤم، فوجئت بها تضحك قائلة:

- فلنحمد الله (سبحانه وتعالى) إذن.. كان من الممكن أن تحترق السيارة كلها..
واهمة هي زوجتي.. أليس كذلك؟
إنها لا تمتلك القدرة على رؤية ما هو أبعد من أنفها.
ليس لديها بُعد النظر، الذي يمتلكه الحاذقون أمثالي..
ولكن من يحتمل كل هذا..
من يحتمل سخافات زوجتى، ومتاعب الأولاد، ونعيب الغراب؟..!
لقد أصابني الانهيار..
صدقني..
لم أعد أحتمل..
واليوم، شعرت أنه لا بد أن تكون هناك وسيلة للخلاص..
وسيطرت الفكرة على عقلي تمامًا..
وعندما لمحت بندقية الصيد الصغيرة، التي يمتلكها ابني الكبير، اختمرت الفكرة في رأسي تمامًا..
وعلى أطراف أصابعي، أخذت بندقية الصيد، وحشوتها بطلقة من طلقات ضغط الهواء، وصوَّبتها إلى ذلك الغراب القذر، وهو ينشد وصلة نعيبة الصباحية..
وأطلقتها..
وحدث ما حدث..
لقد نجا ذلك الغراب الملعون، وتجاوزته الطلقة لتصيب رأس جارتنا المسكينة..
أرأيت يا سيادة وكيل النيابة..
ها هي ذي الكارثة، التي كنت أنتظرها..
ألم أقل لك؟
لقد كنت على حق منذ البداية..
هذا الغراب نذير شؤم، و...
ولكن..
لماذا تنظر إليَّ هذه النظرة، وكانني مجنون أو معتوه؟!
ألا تؤمن بشؤم الغربان؟!

☆☆☆

من المجنون؟

احتبست أنفاس ركَّاب الحافلة، وأطلّ مزيج من الخوف والقلق من عيونهم، عندما أطلق السائق لحافلته العنان، وتجاوز بها السرعة المقررَّة قانونيًا، وانطلق بها فوق الطريق كطائر طليق عنيد، وارتجفت الكلمات على شفتي واحدة من راكبات الحافلة، وهي تقول في خفوت، وكأنها تتحدث إلى نفسها:

- إنه مجنون.. مجنون حتمًا هذا السائق.. كيف ينطلق بهذه السرعة الجنونية، في طقس كهذا؟!

هزَّ الرجل الوقور، الجالس إلى جوارها رأسه، ونفث دخان غليونه في هدوء، قبل أن يقول في رصانة:

- انه يتحدّى نفسه.

التفتت إليه في توتر، وشجَّعها مظهره الأنيق الرزين على أن تقول:

- ولماذا يتحدّى نفسه؟.. إنه مجنون حتما!

ابتسم الرجل، وقال:

- كلنا مجانين يا سيدتي، لو أن تجاوز المألوف يعتبر جنونًا.. كل ما في الأمر هو أن هذا السائق يمر في حياته بإحباطات عديدة، وهزائم اجتماعية لا حدود لها، وهذا يورثه شعورًا بالعجز، يحاول تعويضه وهو يقود هذه الحافلة..

سألته في دهشة:

- كيف؟ !

أشار إلى السائق، وقال:

- انظري إليه.. هل ترين تلك الابتسامة الظافرة على شفتيه؟.. أتلمحين تألق عينيه الواضح.. إنه يشعر بقوته، عندما يقود هذه الحافلة، ويتجاوز بها السرعة المقررة.. لقد هزم القانون والسلطة والمجتمع، من وجهة نظره.. وهذا يريح أعصابه المتوترة، ويمحو عنها الشعور بالإحباط والهزيمة.

قالت في حدة:

- ولكنه بهذا يعرض أرواحنا للخطر.. وهذا جنون في حد ذاته.

هزَّ الرجل رأسه في وقار، ونفث دخان غليونه، وهو يقول:

- كلنا مجانين يا سيدتي.. كلنا مجانين.

أطلقت شهقة قوية، جعلته يلتفت إليها، ويسألها في اهتمام:

- هل ضايقك قولي هذا يا سيدتي؟

هزَّت رأسها نفيا، وقالت:

- كلَّا، ولكن هذا المجنون آثار ذعري.

سألها:

- السائق؟!

عادت تهز رأسها نفيًا، وتجيب:

- بل قائد هذه السيارة.

قالتها وهي تشير إلى سيارة رياضية، تنطلق بسرعة جنونية بالفعل، وتكاد تتجاوز الحافلة، ولكن جارها تطلَّع إلى السيارة في هدوء، وقال:

- نفس المشكلة.. محاولة للتغلّب على إحباطات اجتماعية أو نفسية.

هتفت مستنكرة:

- أية إحباطات؟!.. إنه لا يسافر بالحافلة مثلنا، فسيارته وحدها تساوى دخل أسرتي كلها في نصف قرن.

ابتسم وقال:

- ومن قال أن الأثرياء لا يعانون إحباطات اجتماعية أو أسرية؟!.. ربما كان الابن الأوسط للأسرة، لا أحد يشعر به، أو يوليه الاهتمام الكافي، أو..

أوقفته شهقة أخرى منها، فسألها:

- ماذا حدث هذه المرة؟

انكمشت في مقعدها، وهي تقول:

- ألم تنتبه إلى ما حدث؟!.. لقد انقلبت سحنة السائق في غضب، عندما تجاوزته تلك السيارة الرياضية، وزاد من سرعته لينطلق خلفها.. إنه يتسابق معها على الطريق الصحراوى.. ألم أقل لك إنه مجنون؟

رفع رأسه ليراقب ما أبلغته به، ثم هز رأسه، وقال:

- هذا أمر طبيعي، فقائد السيارة ينتمي إلى الطبقة الثرية، التي تثير في المعتاد شعر الإحباط، في أعماق مثل هذا السائق، والطبقة التي ينتمي إليها.. وظهوره الآن يفسد صورة التفوق، التي غرسها السائق في أعمال نفسه.. أما تجاوز سيارته القوية للحافلة، على الرغم من سرعتها، فيحطم شعور السائق بالظفر تماما، ويعيد إليه كل مشاعر الإحباط والهزيمة؛ لذا فسينطلق بأقصى سرعة للحاق بالشاب، وتجاوزه، حتى يستعيد شعوره بالظفر.

صاحت مذعورة:

- ولكنه يتجاوز حدوده بشدة هذه المرة.. ليس من حقه إصابتنا بكل هذا الرعب.. إنه سيقتلنا هكذا.

قال الرجل في هدوء:

- هذا لا يعنيه الآن، ولا يقلق باله قط، فالفكرة الوحيدة التي تسيطر عليه الآن، هي الانتصار على كل ما يمثله قائد السيارة، من تفوق مادي واجتماعي.
حبست أنفاسها في ذعر، مثل باقي الركاب، عندما تزايدت سرعة الحافلة إلى حد جنوني، حتى تجاوزت السيارة، التي اضطر قائدها إلى إفساح الطريق لها، فتألقت عينا السائق في ظفر، وأطلق ضحكة ظافرة عالية، جعلت الراكبة تقول:
- أرأيت!.. إنه مجنون حتمًا.. لا يُطلق هذه الضحكة سوى مجنون.
هز رأسه نفيًا وقال:
- فكرتك عن المجانين عجيبة جدًا يا سيدتي.. إنهم لا يُطلقون مثل هذه الضحكات إلا في الأفلام السينمائية فحسب.. كل ما في الأمر هو أن هذا السائق يشعر بسعادة غامرة، وبأنه انتصر على كل إحباطاته وهزائمه الاجتماعية، في صورة هذه السيارة الأرستقراطية، وقائدها الثري.. لو تعمَّقت في نفسه الآن، لوجدت أنه أكثر سعادة من (نابليون بونابرت) نفسه، في أوج مجده.
هتفت في ذعر:
- ولكن ما الذي يفعله الآن؟
التقى حاجباه في شدة، عندما شاهد سائق الحافلة ينحرف بها في عنف، نحو السيارة الأنيقة، محاولًا دفعها خارج الطريق، وغمغم:
- إنه يتجاوز حدوده بالفعل.
حاول قائد السيارة تفادي تلك الانقضاضة المباغتة، ولكن الحافلة كادت تسحقه بحجمها الضخم، الذي يفوق حجم سيارته عدة مرات، مما اضطره للخروج عن الطريق الأسفلتي، والخوض في بحر الرمال، حتى توقفت سيارته، فأطلق سائق الحافلة ضحكة أكثر جلجلة، ارتجف لها معظم الركِّاب، دون أن يجرؤ أحدهم على الاعتراض، في حين همست الراكبة لجارها في ارتياع:
- أما زلت تنكر أنه مجنون؟
قال في تردد:
- لم أعد أدري.. موقفه الأخير هذا يتجاوز حدود المنطق والعقل.
قالت في حزم:
- بالطبع.. إنه مجنون.
قال في حيرة:

- لم أتوقع موقفه هذا أبدًا.. لقد كاد يقتل راكب السيارة بحركته هذه.

قالت في سرعة:

- اعترف إذن أنه مجنون.

هز رأسه في وقار، وقال:

- كلنا مجانين.

قالت في اصرار:

- فليكن.. ولكنه أكثرنا جنونًا.

نفث دخان غليونه، وقال في هدوء:

لا أحد يدري من الأكثر جنونًا، فهذا السائق يطبق نظرية العقاب، كما تحدَّث عنها بعض علماء وفلاسفة علم النفس.. إنه يشعر الآن بالتفوق، بعد أن هزم قائد السيارة، مما دفعه إلى الانتقال إلى الخطوة التالية، ألا وهي مرحلة سيطرة المنتصر على المهزوم، ومعاقبته لأنه جرؤ على تحديه.. الجميع يفعلون هذا، دون وعي منهم، حتى الدول.. فما من دولة منتصرة، لم تحاول إذلال الدولة المهزومة، وفرض إرادتها عليها.

قالت في حدة:

- ولكنه لا يمتلك الحق في معاقبة الآخرين.

قال في بساطة:

- لا أحد يمكنه إقناعه بهذا.. إنه في المركز الأقوى الآن، من وجهة نظره، ولن يقبل نقدًا أو توعية، أو..

قاطعته هاتفة:

- انظر.

التفت إلى حيث تشير، والتقى حاجباه مرة أخرى، عندما رأى السيارة الأنيقة، وقد أخرجها قائدها من وسط الرمال، وأطلق العنان لسرعتها، في محاولة لتجاوز الحافلة..

وقالت الراكبة في ضيق:

- مجنون آخر.. إنه يحاول الثأر لنفسه، بتجاوز الحاقلة مرة أخرى، على الرغم من خطورة انطلاقه بالسيارة، بكل هذه السرعة، في طريق كهذا.

غمغم جارها:

- ألم أقل لك!... كلنا مجانين.

راقبت السيارة في قلق، وهي تسابق الحافلة، وقائد الحافلة يحاول منعها من تجاوزه بمناورات جنونية، وقالت:

- ما الذي يدفع هذا الأرستقراطي لذلك إذن؟.. إنه لا يعاني إحباطات إجتماعية أو مالية!

قال في هدوء واثق:

- هذا ما تتصورينه، ولكن الواقع هو أنه يشعر الآن بالمهانة، لأن سائق الحافلة فعل به هذا؛ فهو ـ في أعماق نفسه ـ يعتبر أنه واحد من قادة المجتمع، ومن أرفع فئاته، ولن يروق له أبدًا أن ينافسه واحد من طبقة أقل اجتماعيًا، ويهزمه على هذه الصورة المزرية.

سألته في اهتمام:

- أتظن السائق سيحاول دفعه خارج الطريق مرة أخرى؟

أجابها على الفور:

- حتمًا.. ولكن قائد السيارة لن يمنحه الفرصة هذه المرة.. إنه لم يعد مجرَّد تسابق على الطريق.. لقد صارت حربًا اجتماعية غير معلنة، وسيسعى كل فرد فيها إلى الفوز، مهما كان الثمن.

هتفت:

- ولكن هذا جنون.

أجاب في بساطة:

- ولا حدود للجنون.

أرعبتها عبارته، فانكمشت مرة أخرى في مقعدها، وهي تتمتم:

- نعم.. لا حدود للجنون.

راقبت في ارتياع ذلك السباق الجنوني، بين الحافلة والسيارة، حتى تجاوزت السيارة الحافلة، ثم مالت في عنف، وتوقفت بعرض الطريق، معترضة طريق الحافلة..

وفي دهشة صاح سائق الحافلة:

- ماذا يفعل هذا المجنون؟

وضغط فرامل سيارته في عنف، واندفع الركَّاب إلى الأمام، وارتطموا بالمقاعد التي أمامهم، وتعالى صراخ بعضهم، وصرخت الراكبة في هلع:

- سنصطدم بالسيارة.

وأطلقت إطارات الحافلة صريرًا عنيفًا مخيفًا، وراحت تلتهب على أسفلت الطريق، حتى توقفت على قيد سنتيمترات من السيارة، وصاح السائق:

- هذا جنون حقيقي.

ولكن قائد السيارة قفز خارجها في غضب، واندفع نحو الحافلة، وصاح بالسائق:

- افتح الباب.
هتف السائق في صرامة:
- ليس من حقك أن تملي أوامرك علي.
ولكن قائد السيارة أخرج فجأة من جيبه مسدسًا، وأطلق رصاصتين منه على زجاج الحافلة، فصرخت الراكبات، وشهق الركَّاب، وصاح السائق:
- هل جننت يا رجل؟!
صاح به قائد السيارة في ثورة:
- افتح الباب، وإلا استقرت الرصاصة القادمة في رأسك.
أسرع السائق يفتح باب الحافلة، فقفز قائد السيارة داخلها، وصرخ في وجهه:
- لقد حاولت قتلي.
قال السائق مرتجفًا أمام المسدس:
- لم أكن أقصد هذا.. أقسم لك.
ولكن قائد السيارة صرخ:
- بل كنت تقصده.. إنك لا تستحق قيادة حافلة كهذه.
وفجأة خفض فوهة مسدسه، وأطلق رصاصتين على قدمي السائق، الذي أطلق صرخة ألم هائلة، وتفجَّرت الدماء من قدميه المصابتين، وتعالت الصرخات في الحافلة، في حين غادرها قائد السيارة، وعاد إلى سيارته، وانطلق بها مبتعدًا، وكأنه لم يفعل شيئًا، وصرخت الراكبة:
- أرأيت ما حدث؟!.. إنه جنون.. جنون مطبق!
قال جارها في توتر:
- كلنا مجانين، ولا حدود للجنون.
وظل سائق الحافلة يصرخ:
- لقد أصابني.. اطلبوا الشرطة.. استدعوا سيارة إسعاف.
وشعر جارها بالانزعاج، لهذه الصرخات المتتالية..
كان الجميع يصرخون بلا انقطاع..
وهو لا يحتمل الصراخ..
وفي حزم نهض من مقعده، واتجه إلى حيث السائق، الذي صاح به:
- انقذني.. استدع سيارة إسعاف.. اطلب الشرطة.
ولكنه قال في هدوء:
- لا يمكنني هذا.. الجميع يريدون الوصول إلى مقاصدهم، وهذا سيعطلهم كثيرًا.
صرخ السائق:

- لن يذهب أحدكم إلى أي مكان، قبل وصول الشرطة والإسعاف.. إنني مصاب، وأنا قائد الحافلة.. هل تفهم؟..
كان الجميع يواصلون صراخهم المزعج، وهو يرغب في استئناف السير بسرعة، لذا فقد انحنى في هدوء، وحمل السائق، ثم اتجه به إلى باب الحافلة، والقاه خارجها.
وهنا توقف صراخ الجميع..
توقف مع دهشتهم البالغة لما حدث، وراحوا يراقبون الرجل، الذي أغلق باب الحافلة بكل هدوء، ليحجب صراخ السائق، واتسعت عينا الراكبة في ذهول، وهي تتطلع إليه..
وفجأة صاح أحد الركاب:
- يا إلهي!.. إنني أعرف هذا الرجل.. صورته منشورة في صحف اليوم.. إنه مجنون.
اتسعت عيون الجميع في ذعر، والراكب يتابع:
- نعم.. مجنون هارب من مستشفى الأمراض العقلية.
انكمشت الراكبة في مقعدها في رعب، في حين ألقي الرجل نظرة طويلة على ركاب الحافلة، ثم اتخذ مقعد السائق، ورفع عصا السرعة في هدوء.. وانطلق بالحافلة..
ولم يعترض راكب واحد..

☆☆☆

مسألة مبدأ

خطيبي أيها السادة شاب غير عادي..
ربما تظنون أنها مبالغة مني، أو هو حبي الشديد له، أو انبهاري به..
ولكنكم واهمون..
إنها الحقيقة..
كل الحقيقة..
خطيبي فعلًا ليس شابًا عاديًا..
إنه طيب القلب، سليم الطوية، شديد الحماس، صادق القول، مجتهد، مثابر، مهذَّب، لبق..
ولكن لديه مشكلة واحدة..
كل شيء في حياته مسألة مبدأ..
ربما يدهشكم هذا القول، أو يبدو لكم هلاميًا مطاطًا..
وربما ابتسمتم في سخرية، أو هتفتم في دهشة. "ولماذا تعتبرينها مشكلة؟"..
والشرح في هذا الأمر يطول ويطول، وربما لا ينجح أبدًا في إقناعكم..
ولهذا سأقصّ عليكم قصة واحدة..
ثم احكموا بأنفسكم..
عندما تخرجنا معًا من كلية الطب، منذ عدة أعوام، كان ترتيب خطيبي الخامس، وكان سعيدًا للغاية، يتقبل التهاني بابتسامة واسعة، وفرحة واضحة، فهنأته من كل قلبي، وقلت:
- أعتقد أنك ستصبح عمّا قريب أحد أعضاء هيئة التدريس في الكلية.
وهنا تنحنح في وقار، وعدّل منظاره الطبي الأنيق فوق أنفه، وقال:
- لا يا عزيزتي.. لست أحب حياة الأبراج العالية.. سأعمل في مستشفيات الحكومة.
أدهشني موقفه، وأفزعني في الحقيقة، فقضيت ساعة كاملة، في محاولة إقناعه بالعدول عن رأيه هذا، ولكنه أتحفني بمحاضرة طويلة عن الشعب، والفقراء، وحتمية تقديم يد العون لبني البشر، حتى أخرسنى تمامًا، وهو يختم محاضرته قائلا:
- وهذا الموضوع غير قابل للمناقشة.. إنها مسألة مبدأ.
وهكذا ابتلعت لساني، ولم أعد لمناقشة الأمر ثانية، حتى فوجئت به ذات يوم يقول بابتسامة واسعة عذبة:

- هل تعلمين؟.. أستاذ الجراحة معجب للغاية ببراعتي في هذا المضمار..

لقد طلب مني بنفسه أن أتقدَّم للحصول على نيابة الجراحة العامة في الجامعة.

وبقدر ما أدهشني تراجعه، أظهرت فرحتي وسعادتي، وهنأته على ثقة رئيس القسم به..

وتقدَّم بأوراق ترشيحه بالفعل ..

ورفض رئيس القسم..

وكانت الصدمة ضخمة بالنسبة لخطيبي، الذي ثار وهاج وماج، وأعلن أنه أحق أفراد دفعته بالحصول على نيابة الجراحة العامة، وأنه لن يتنازل أبدًا عن مستقبله، في الإنضمام إلى هيئة التدريس!

ولكن رئيس القسم أصرَّ على الرفض..

ومع حالة الإحباط والانهيار، التي أصابت خطيبي، اقترحت عليه أن يتنازل عن نيابة الجراحة العامة، وأن يقنع بنيابة التخدير أو الأشعة التشخيصية، ولكنه هتف في إباء:

- مستحيل.. الجراحة العامة وإلا فلا.. إنها مسألة مبدأ.

ولم يمض أسبوع واحد على حوارنا هذا، وفي آخر يوم من أيام الترشيح لنيابات الجامعة، تقدَّم خطيبي بأوراقه إلى قسم التخدير..

وحصل على النيابة..

نيابة التخدير بالطبع..

وأثبت خطيبي العزيز تفوقه وبراعته، فحصل على شهادة (الماجستير) في فترة قياسية، وأصبح أخصائيًا في مجاله..

ثم حصل على شهادة الدكتوراه، قبل زملائه بعام كامل..

وأصبحت أسعد فتاة في الدنيا كلها..

ولكن كان ينقصنا أمر هام..

أن نتزوج..

وعندما طرحت الفكرة على استحياء، انهمك هو في تفكير عميق، ثم قال:

- هل تعلمين.. لا بد لي من زيادة دخلنا، قبل أن نقدم على الزواج، حتى أضمن لك حياة هانئة، بلا متاعب أو عذاب.

سألته عندئذ في اهتمام:

- ما رأيك في البحث عن عقد جيد، في واحدة من دول البترول؟

حدَّق في وجهي بدهشة أقرب إلى الذهول، وصرخ في لهجة تحار في تحديد مغزاها، ما بين الغضب والاستنكار.

- دول البترول؟!.. مستحيل !

قلت في حذر :

- ولم لا؟.. ستعمل هناك لعام أو عامين، ثم تعود إلى هنا، و...

قاطعني في صرامة:

- قلت مستحيل!.. ألا تعلمين ما يطلقونه على دول البترول هذه؟.. إنهم يسمونها بلاد النفط والمهانة.. هل تعلمين لماذا؟..

ومرة أخرى ألقى على مسامعي محاضرة طويلة، استمعت إليها في صمت، مكتفية بإيماءات مهذبة من رأسي، وأنهاها كعادته بالعبارة التقليدية:

- إنها مسألة مبدأ.

وحاول بالفعل أن يزيد من دخله، بالعمل المتواصل، والمثابرة، والكفاح، والنشاط، والحماس..

ثم تعلَّم الدرس الأوَّل من دروس الحياة..

إن كل هذا لا يكفي..

الله (سبحانه وتعالى) وحده يمنح الرزق لمن يشاء من عباده..

ثم إن تخصصه مرهق..

إنه لا يستطيع العمل وحده، ولا بد له من التعامل مع جرَّاح متخصص..

وهذا يقلقه.

وبعد شهر واحد من العمل المتواصل، منذ الصباح الباكر، وحتى منتصف الليل، اختفى خطيبي بضعة أيام، ثم فاجأني بزيارته، وهو يقول في حماس:

- لقد قدَّمت أوراقي لمكتب التوظيف السعودي.. إنهم يطلبون أطباء تخدير.

هتفت في سعادة، دون أن أناقشه في أمر رفضه السابق:

- عظيم.. خطوة ممتازة..

ثم سألته في لهفة:

- هل ذكروا شيئًا عن الأجر؟

هزَّ رأسه نفيًا، وقال بابتسامة عريضة:

- كلا.. ولكنني لن أقبل بأقل من عشرة آلاف ريال.. إنها مسألة مبدأ.. ألم أقل لكم: إنه شاب غير عادي؟!

★ ★ ★

الجريمة

هطلت الأمطار بشدة، في تلك الليلة، وراحت القطرات الثقيلة تضرب زجاج نافذة حجرة مكتب (باسم)، بصوت رتيب مستمر. زاد من توتره، وهو يتطلّع إلى ساعته، التي تشير عقاربها إلى الثانية بعد منتصف الليل، ويقلب أوراق ملف ضخم بين يديه، يحمل اسم قضية ضخمة، يحاول البحث عن الفاعل فيها، منذ خمسة أيام دون جدوى..

كانت جريمة قتل، راح ضحيتها رجل أعمال شهير وزوجته، وسرق القاتل كل أوراق الرجل، وكل نقود ومجوهرات الزوجة، دون أن يترك خلفه أدنى أثر، ودون أن يشير إليه دليل واحد..

و(باسم) هو المسؤول عن التحقيق في هذه القضية، وعن البحث عن الفاعل المجهول..

ويا لها من قضية..!

لم يغمض له جفن منذ خمسة أيام، ولم ينعم بالراحة لحظة واحدة، أو يغادر مكتبه إلى منزله وزوجته وعائلته..

صارت هذه القضية هي شغله الشاغل..

وفي تلك الليلة بالذات، ومع هطول الأمطار، أصبحت أعصابه أشبه بوتر مشدود، فوق نيران مستعرة، وصار واثقًا من أنه، لو لم يتوصَّل إلى حل القضية، فسيصاب بالجنون حتمًا.

ثم سمع تلك الطرقات الهادئة على باب الحجرة..

رفع عينيه ليطلب من الطارق الدخول، فامتلأت نفسه بدهشة عارمة، عندما رآه داخل الحجرة بالفعل، يقف أمام الباب، في معطف قديم رث، وبشعره الأشيب، وشاربه الكث، وملامحه التي تضفي عليه هيبةً ووقارًا، فاعتدل في مقعده، وقال في حدة:

- من أنت؟.. وكيف دخلت إلى هنا؟

قال الرجل في هدوء:

- أنا (أمجد عبد الباري).. مفتش المباحث بمديرية الأمن.

كان هذا جوابًا للسؤالين، فلن يعترض ذلك الجندي الذ يقف خارج مكتبه، طريق مفتش مباحث المديرية، إذا ما أراد الدخول..

ثم أن الاسم يبدو مألوفًا، مما جعله ينهض من خلف مكتبه، ويمد يده لمصافحة الرجل، قائلًا:

- مرحبًا بك في مكتبي يا سيادة المفتش.

لم يبد أن المفتش قد لاحظ يده الممدودة إليه. فقد انشغل بنفض قطرات المطر عن معطفه، وهو يتجه إلى المقعد المقابل للمكتب، قائلًا:

- سمعت أنك المسئول عن قضية القتل الأخيرة.

أعاد (باسم) يده إلى جواره، وضايقه أن المفتش لم يصافحه، ولكنه تجاوز هذه النقطة، وربَّت على الملف الضخم، قائلًا:

- إنني أحاول دراستها منذ خمسة أيام، ولم أتوصّل إلى شيء..

أومأ المفتش برأسه متفهمًا، وقال:

- إنها ليست بالقضية السهلة.

ثم داعب شاربه الأبيض الضخم، الذي يشبه شوارب ملوك القرن الماضي، قبل أن يضيف:

- ولكن التوصل إلى الحل ليس مستحيلًا.

شبَّك (باسم) أصابع كفيه أمام وجهه، وقال:

- ألديك فكرة محدودة يا سيادة المفتش؟

ابتسم المفتش ابتسامة باهتة، وقال:

- ربَّما.

وداعب شاربه مرة أخرى في بطء وعناية، قبل أن يتابع:

- على الرغم مما تبدو عليه القضية من غموض، إلا أن هذا الغموض نفسه قد يكون الحل.

اعتدل (باسم)، وقال في اهتمام:

- حقًا؟!.. وكيف يحدث هذا؟

رفع المفتش سبَّابته أمام وجهه، وقال:

- القاتل - أي قاتل - مهما بلغ من الحنكة والشراسة والذكاء، لابد له من الوقوع في خطأ واحد، يرشدنا حتمًا إليه.. إنها قاعدة العمل في المباحث يا فتى.. ومهمتنا هي البحث عن ذلك الخطأ، الذي لم ينتبه إليه القاتل.. وفي هذه القضية كان القاتل حريصًا للغاية، فلم يترك خلفه أية أدلة، أو بصمات، أو علامات تقود إليه، ولكنه في الوقت ذاته قتل رجل الأعمال وزوجته فى منزلهما، وبعد انصراف الخدم والسائق، وهذا يعني أنه شخص ينتمي اليهما، أو يعرف الكثير عنها على الاقل.

قال (باسم) في حسم:

- خطأ.. لقد كسر القاتل قفل الباب، حتى يمكنه الدخول، ولو أنه ينتمي إليهما كما تتصوّر، لما فعل هذا.

ابتسم المفتش، قائلًا:

- بل هذا هو الخطأ الذي وقع فيه، فجريمة القتل تمت في الحادية عشرة، ورجل الأعمال وزوجته لم يكونا قد ارتديا ثياب النوم بعد.. وليس من المنطقي أن يكسر القاتل قفل الباب، ويقتحم الشقة، في وجود رجل الأعمال وزوجته مستيقظين، ورجل الأعمال يمتلك مسدسا مرخصًا للدفاع عن نفسه، وكان يمكنه استخدامه، لو سمع من يكسر بابه.
التقى حاجبا (باسم)، وهو يقول في حماس:
- هذا صحيح.. كيف لم أنتبه إلى هذه النقطة؟.. هذا يقلب كل شيء رأسًا على عقب.. القاتل إذن شخص يعرفه رجل الأعمال وزوجته، دخل شقتهما بشكل شرعي بسيط، ثم قتلهما، وسرق الأوراق والأموال والمجوهرات، وبعدها كسر قفل الشقة، ليبدو الأمر كجريمة قتل وسرقة.
قال المفتش: إن هناك نقطة أخرى تتعلّق بالثياب، فليس من الطبيعي أن يرتدي الإثنان ثيابهما، وقد بلغت الساعة الحادية عشرة مساء، وانصرف الجميع، إلا لو كانا ينتظران زائرًا.
هتف (باسم):
- هذا صحيح.. ومن المحتم أن هذا الزائر وثيق الصلة بهما، إلى الحد الذي يدفعه لزيارتهما في هذا الساعة المتأخرة، ولكنه ليس أحد أقاربهما المقربين في الوقت ذاته، وإلا ما ارتديا ثيابًا رسمية لاستقباله.
بدا الارتياح على وجه المفتش، وقال:
- عظيم.. هذا يحصر دائرة المشتبه فيهم إذن في ثلاثة.. أليس كذلك؟
- بلى.. سأخبرك أسماءهم.
لوَّح المفتش بيده، وقال:
- إنني أحفظها عن ظهر قلب، ولكن دعنا نختصرها إلى اسم واحد أو اسمين على الأكثر، وهذا يقفز بنا إلى نقطة جديدة.. صحيح أن القاتل حطم رتاج المكتب ودولاب حجرة النوم، ليسرق المستندات والأموال والمجوهرات، ولكنه لم يعبث بالشقة، أو يحطم شيئًا آخر.. إذن فقد كان يعرف موضع كل هذه الأشياء جيدًا، وهذا يعني أنه حتمًا..
قفز (باسم) صائحًا:
- (حازم).. صديق رجل الأعمال، وشريكه في المصنع الجديد.. نعم.. إنه القاتل.. الآن اتضح كل شيء.
ارتسمت على شفتي المفتش ابتسامة ارتياح كبيرة، في حين اختطف (باسم) سماعة الهاتف، وقال:

- (كريم).. إنه أنا..(باسم).. أتحدث إليك من مكتبي.. لقد توصّلت إلى القاتل.. نعم.. أنا واثق تمام الثقة من هذا.. استخرج أمرًا بإلقاء القبض عليه على الفور.. إنه (حازم).. نعم..(حازم إبراهيم).

أعاد سماعة الهاتف الى موضعها، وهو يرفع عينيه إلى حيث يجلس المفتش، هاتفًا:

- لست أدري كيف أشكرك يا سيدي، على هذا الـ...

بتر العبارة بغتة، وهو يحدّق إلى المقعد في حيرة، ثم أدار عينيه في الحجرة كلها في سرعة، بحثًا عن المفتش، قبل أن يقفز من خلف مكتبه، ويفتح باب الحجرة، هاتفًا في جندي الحراسة:

- أين الزائر؟

انتفض الجندي، قائلًا في توتر:

- أي زائر يا سيدي؟

قال في حدة:

- مفتش مباحث المديرية، الذي كان في مكتبي.. أين ذهب؟

فغر الجندي فاه مشدوهًا، وهو يقول:

- مفتش ماذا؟!.. إن أحدًا لم يدخل مكتبك منذ تسلمت نوبة الحراسة هذه، في الثامنة مساءً يا سيدي.

اتسعت عيناه في دهشة، وهم بقول شيء ما، ولكنه لسبب ما أطبق شفتيه، وعاد الى مكتبه، وأغلق بابه في وجه الجندي، الذي لم يفارقه ذهوله بعد.. وعبر المكتب في خطوات سريعة، إلى الجدار الأيسر، وأدنى عينيه من صورة صفراء قديمة، تحتل موضعها داخل إطار متهالك، منذ تسلّم عمله في هذا المكتب، من شهرين كاملين، وطالعه في منتصفها وجه مفتش المباحث، وهو يبتسم ابتسامته الهادئة، بشعره الأشيب وشاربه الكث، وحوله عدد من ضباط وجنود الشرطة، تعلو رؤوسهم الطرابيش القديمة، وأسفل الصورة شريط من الورق، يحمل كلمات قديمة مصفرة تقول:

(أمجد بك عبد الباري).. مفتش مباحث المديرية، عند حصوله على لقب (الباكاوية)، لبراعته الملحوظة في حل القضايا الغامضة.

ثم تاريخ التقاط الصورة، عام ١٩٣٣م..

واتسعت عينا (باسم)، وهو يتراجع، ويسير كالمسحور نحو مكتبه، ويلقي نفسه على مقعده، ثم يتطلّع مشدوهًا إلى ملف قضية رجل الأعمال، قبل أن يدير عينيه في بطء إلى الصورة القديمة، ويختلط صوته بصوت قطرات المطر، التي تواصل ضربها للنافذة، وهو يقول:

ـ أشكرك يا سيادة المفتش.. أشكرك كثيرًا..
وفي هذه المرة بدا له صوت قطرات المطر ممتعًا..
ممتعًا للغاية...

☆ ☆ ☆

دواعي أمنية

انتفخت أوداج عم (إسماعيل)، حارس بوابة المستشفى، وبدا سعيدًا فخورًا مزهوًا، وهو يختال بزي الحراسة الجديد، الذي منحته إياه إدارة المستشفى، ضمن التجديدات الشاملة، التي يجربها المدير الجديد، وارتسمت ابتسامة واسعة على وجه عم (اسماعيل)، وهو يفتل شاربه، أمام المرآة الكبيرة الجديدة، في مدخل الأطباء، وخيل إليه أنه صار أكثر رجال الدنيا وسامة، في ذلك الزي الأزرق، ذي الشرائط الحمراء، والأزرار الصفراء اللامعة، والقبعة التي تشبه ما يرتديه رجال الشرطة الرسمية، وشد قامته في اعتداد يكاد يهتف:

- يا أرض انهدي، ما عليك قدي.

لولا خشيته من سخرية عمال المستشفى، وعباراتهم اللاذعة، وهم الذين عهدوه دائمًا في معطفٍ رث، كان يحتل منذ قديم الأزل مكانًا ما، وسط المعاطف البيضاء، ولم يمكنهم هضمه بعد، في هذا الزي الرسمي الجديد..

وكان عم (إسماعيل) يعتبر هذا الزي بمثابة ترقية، خاصة وأن المدير الجديد قد اختاره شخصيًا، ليقف أمام الباب الزجاجي، الذي يعبر منه هو كل صباح، للذهاب إلى مكتبه..

وفي زهو وحماس، وقف عم (إسماعيل) أمام الباب الزجاجي، وأخذ يفتل شاربيه، ويرمق الداخلين والخارجين، من الباب الكبير، بنظرة صارمة قاسية، وكأنما يحذرهم من مجرَّد الاقتراب، من باب المدير..

كل هذا على الرغم من أن عمل عم (إسماعيل) لا يكاد يذكر..

إنه فقط يسرع لفتح باب سيارة المدير عند وصوله، ويحييه تحية شبه عسكرية، وهو يدق كعبية بعضهما ببعض في قوة، ثم يعدو ليفتح الباب للمدير، ويجلس بعدها على مقعده المعتاد، حتى تحين لحظة انصراف المدير، فيؤدي له تحية مماثلة، ويعدو ليفتح باب السيارة.

كل هذا والمدير لا يكلّف نفسه مجرد النظر إليه، أو حتى رد تحيته..

إنه يتجاهله تمامًا، وكأنما لا وجود له..

ولكن عم (إسماعيل) سعيد..

يكفيه أنه الوحيد، في المبنى كله، الذي يلتقي بالمدير الجديد مرتين يوميًا، دون أن يطلب موعدًا سابقًا، مثلما يفعل أي أخصائي قديم بالمستشفى، إذا ما أراد مقابلة البك المدير، لعرض أمر يخص العمل.

ثم كانت الطامة الكبرى..

ففي ذات يوم، وبعد وصول المدير بساعة كاملة، ظهر رجل في أواخر الأربعينات من عمره، يستند إلى كتف ابنته، ويقول بصوت لاهث متهدَّج:
- أسرعي.. أسرعي يا (خديجة)، قبل أن ينصرف.
رمقهما (إسماعيل) بنظرته الصارمة بشكل روتيني، ثم أشاح بوجهه عنهما، متصورًا أنهما سيعبران مدخل الأطباء، كما يفعل بعض المرضى، من ذوي القربى..
ولكنهما لم يفعلا..
لقد اتجها مباشرة إلى الباب الزجاجي، وقال الكهل لابنته:
- هيا.. ساعديني على صعود السلم.
وهنا هبَّ عم (إسماعيل) واقفًا، فصاح بالرجل في صرامة:
- رويدك رويدك.. إلى أين؟
أجابه الرجل في دهشة:
- سأدخل إلى المستشفى.
قال عم (إسماعيل) في صرامة أكثر:
- الدخول من الباب الآخر.
بدت الحيرة على وجهي الكهل وابنته، وسألته الابنة في تردد:
- ألا يقود هذا الباب إلى داخل المستشفى؟
أجابها عم (اسماعيل):
- بلى.. ولكنه ليس لأمثالكما.
جرحت الكلمة، الكهل، فقال في حدة:
- ماذا تعني بأمثالنا؟.. نحن قوم محترمون..
قال عم (إسماعيل) في غلظة:
- محترمون أو غير محترمين.. ليس هذا من شأني.. الدخول من الباب الآخر.
قال الكهل في عناد:
- لن أدخل إلا من هذا الباب.
هتف عم (إسماعيل):
- على جثتي.
تصادف مروري في هذه اللحظة، وجذب ذلك الحوار انتباهي، فاتجهت إلى حيث يقف الثلاثة، وقلت:
- ماذا هناك يا عم (إسماعيل)؟
أجابني بلهجة تحمل الكثير من الاستنكار والاستهجان لموقف الكهل:

- هذا يريد دخول المستشفي من هنا.
لم أدرك ما يعنيه هذا، فقلت في حيرة:
- وماذا في هذا؟.. الباب يقود إلى ممر الأطباء، ثم إلى العيادات الخارجية، والـ...
بترت عبارتي فجأة، عندما رأيت الفزع والاستنكار والاستهجان على وجهه، وغمغمت في حذر شديد:
- أليس كذلك؟
صاح عم (إسماعيل)، وهو يلوِّح بيده في حدة:
- إنه باب المدير.
هتف الكهل في غضب وعناد:
- هذا المدير لا يمتلك المستشفى.. إنه موظف مثلنا، وليس له الحق في قصر استخدام هذا الباب على دخوله وخروجه.
رمقه عم (إسماعيل) بنظرة صارمة غاضبة، وهو يقول:
- ليس هذا من شأنك.
وشعرت ابنة الكهل بالقلق والتوتر، فجذبت والدها من ذراعه في رفق، وهي تقول:
- هيا يا أبي.. سندخل من الباب الآخر.
جذب الكهل ذراعه من يدها، وهو يقول في صلابة وعناد:
- لن أدخل إلا من هذا الباب.. أنا رجل مريض بالقلب، ومن حقي دخول المستشفى من أي باب، ما دام يقود في النهاية إلى عيادات الأطباء.. ثم إن أحد الأطباء ينتظر قدومي، فأنا خاله.
قال عم (إسماعيل) في صرامة:
- قلت لن تدخل من هذا الباب.
رأيت تهدئة الموقف، فقلت لعم (إسماعيل) في رفق:
- وماذا يضير لو دخل إلى المستشفى من هنا؟، إنه مريض، وليس على المريض حرج.
صاح عم (إسماعيل):
- مستحيل أن يدخل من باب المدير.
قلت في رفق:
- ولماذا مستحيل؟
عقد عم (اسماعيل) حاجبيه، وفتل شاربه لحظة، قبل أن يرشده ذهنه إلى جواب، بدا له معقولًا، فهتف به قائلًا:

- لدواعي أمنية..

كدت أنفجر ضاحكًا، عند سماعي هذا الجواب، ولكنني تماسكت، حتى لا يغضب عم (إسماعيل)، وقلت بابتسامة كبيرة:

- أى دواعي يا عم (إسماعيل).. إنه رجل مسالم مريض، وأؤكد لك أنه لا ينوي اغتيال المدير.

كانت العبارة واضحة السخرية، وعلى الرغم من هذا، فقد قال عم (إسماعيل) في شك، وهو يرفع أحد حاجبيه:

- ومن أدراك؟

وهنا انفجر الكهل غاضبًا، وهتف:

- أنت رجل مخرف مجنون.. ابتعد عى طريقي.. سأدخل من هذا الباب.

اعترضه عم (إسماعيل) في عنف، صائحًا:

- على جثتي.

دفعه الكهل في غضب، وهو يهتف:

- فليكن.. سأدخله على جثتك.

صرخت الابنة مذعورة، وحاولت أنا إنقاذ الموقف، ولكن (إسماعيل) كان أكثرنا بسرعة، فقد قفز إلى الأمام، ولكم الكهل في فكه، ثم في صدره.. وسقط الكهل..

سقط يلهث في سرعة، واحتقن وجهه، وجحظت عيناه..

وفهمت أنا الأعراض على الفور، بحكم عملي كطبيب، فصحت:

- إنها نوبة قلبية.

صرخت الإبنة، وأسرعت أنا أحمل المريض، وأهرع به إلى المستشفى، وإلى حجرة العناية المركزة.

أما عم (إسماعيل)، فلم يطرف له جفن..

فقط شيعنا بنظراته الصارمة، وهو يفتل شاربه، ثم عاد يجلس على مقعده في هدوء، في انتظار خروج السيد المدير، وهو يتمتم في صلابة وعناد:

- يا للسخرية!.. يريد أن يدخل من باب المدير.. ماذا أفعل أنا هنا إذن؟..!

ولفظ الكهل أنفاسه الأخيرة، في حجرة العناية المركزة، بعد أقل من ساعة واحدة..

وكان المدير الجديد هو أوَّل من عرف..

ليس بحكم منصبه، ولكن بحكم كونه ابن شقيقة الكهل..

كان يريد مفاجأة خاله بمنصبه الجديد، ولكن خاله فاجأه بالوفاة..

وفي اليوم التالي، لم يعد عم (إسماعيل) يجلس على ذلك المقعد، أمام حجرة المدير..

لقد احتلّ محلّه شاب وسيم أنيق، يتعامل مع الجميع بأسلوب مهذب محبوب..

أما عم (إسماعيل)، فقد أصبح خفيرًا للمخازن.

وذهبت الحلّة الرسمية..

ولكن عم (إسماعيل) صار أكثر عنفًا وعصبية وشراسة، مع من يتعاملون معه..

ولديه حجة جاهزة في كل مرة..

هذا ليس لخلاف شخصي، ولكنها الدواعي..

الدواعي الأمنية.

أجهور الصغرى

(الأوتوبيس) لا يقف عند قرية (أجهور الصغرى)..

قد تبدو لك هذه العبارة عادية، أو لا تثير انتباهك قط، فالمشكلة بالنسبة لك أمر تافه، لن يشغل تفكيرك لأكثر من الوقت اللازم لقراءة العبارة، ولكنها بالنسبة لسكان (أجهور الصغرى) كانت مشكلة عويصة، ما بعدها مشكلة.

و(أجهور الصغرى) قرية مظلومة، سواء في الجغرافيا أو التاريخ، فلم يحدث أبدًا أن أنجبت أحد المشاهير، أو رجال السياسة، أو الفنانين، وليس لها حتى عضو من أبنائها في مجلس الشعب..

وطوال عمر (أجهور الصغرى) لم تحدث فيها أية مواقع حربية، أو تاريخية، أو حتى يقع في حدودها حادث إجرامي خطير، يستحق التحدّث عنها..

ولهذا عاشت (أجهور الصغرى) دائما مجهولة منسية، لا يعرفها سوى سكانها، والقرى المحيطة بهم، حتى أن هيئة المساحة نسيت ذكر اسمها في خرائطها، فلم يعد حتى المسؤولون يعلمون بوجودها..

ونتيجة لهذا الوضع العجيب، لم يتوقف (الأوتوبيس) أبدًا عند (أجهور الصغرى)..

كانت له محطة في القرية التي قبلها، وأخرى في القرية التي تليها، دون أن تكون له محطة واحدة أمامها..

ومنذ مولدهم، يتعلم أبناء (أجهور الصغرى) أن عليهم السير إلى أقرب قرية، لانتظار (الأوتوبيس)، حتى يمكنهم الذهاب لعملهم في المركز، أو لمدارسهم في المدن..

وذات يوم ثار سكان (أجهور الصغرى) على هذا الأمر، وقرروا إعلان غضبهم للمسئولين، لعلهم يدركون أنهم قرية، مثل باقي القرى، ويحتاجون إلى محطة (أوتوبيس)..

ولأن معظم سكان (أجهور الصغرى) من محدودى الدخل والتعليم، فقد لجئوا إلى الأستاذ (منصور)، الحاصل على دبلوم الصنائع، وابن شيخ الخفراء الحاج (أحمد)، وعرضوا عليه مشكلتهم، وطلبوا منه أن يتحدث باسمهم إلى المسئولين، ليقنعوا (الأوتوبيس) بالتوقف عند (أجهور الصغرى)..

وشعر الأستاذ (منصور) بالمسؤولية الملقاة على عاتقه، فكتب شكوى ضخمة، وحملها إلى القرية المجاورة، حيث استقل (الأوتوبيس) إلى المدينة، ليعرضها على المسؤولين هناك..

واستقبل المسئول الأستاذ (منصور) في حرارة، واستمع إليه في اهتمام، ثم وعده بحل المشكلة، وصافحه مودعًا..

وعاد الأستاذ (منصور) إلى قريته، والأمل يملأ نفسه، ويشع من وجهه وعينيه، وأبلغ الجميع أن المشكلة في طريقها إلى الحل، في أيام معدودات..

واستبشر السكان خيرًا، وانتظروا مرور هذه الأيام المعدودات في صبر، ولكن الأيام مرت، وأصبحت أسابيعًا، وشهورًا، دون أن يتوقف (الأوتوبيس) أمام (أجهور الصغرى)، أو يبدو حتى أنه سيفعل.

وعاد السكان إلى الأستاذ (منصور)، وأعلنوا تذمرهم وغضبهم، فما كان منه إلا أن كتب شكوى جديدة، وعاد بها إلى المسؤول..

وفي حرارة أكبر استقبله المسؤول، وأكد له أن المشكلة في طريقها إلى الحل، وأن (الأوتوبيس) سيتوقف حتمًا عند (أجهور الصغرى)، ولكنها مسألة روتين، وبيروقراطية، وخلافهما..

ونقل الأستاذ (منصور) هذا الحديث للسكان، الذين قرَّروا الانتظار في صبر مرة أخرى، لأيام وأسابيع وشهور دون جدوى..

وهنا ثارت ثائرة الأستاذ (منصور)، وأعلن لسكان القرية أن (الأوتوبيس) سيتوقف عند (أجهور الصغرى)، ولو على جثته..

واختفى الأستاذ (منصور) يومين في منزله، ثم خرج إلى أهل القرية منتشيًا ظافرًا، وهو يحمل لافتة مستديرة، فوق عامود طويل، كتب عليها بخط أنيق كلمة (موقف أوتوبيس)..

وفي احتفال شعبي صغير، غرس السكان اللافتة عند مدخل القرية، ووقفوا إلى جوارها ينتظرون (الأوتوبيس)..

ولكن (الأوتوبيس) مضى، دون أن يلتفت إلى اللافتة، متجاهلًا إياها تمامًا، بحجة أن خط السير الرسمي، الذي سلموه إياه في محطة البداية، لا يتضمن التوقف عند هذه القرية، التي يجهل حتى اسمها..

وشعر الأستاذ (منصور) بهزة قوية في كرامته، وبدا له الأمر وكأنه طعنة شخصية، وإهانة ما بعدها إهانة..

وفي تلك الليلة لم يغمض له جفن،

كان دمه يغلي في عروقه، ويتصاعد إلى مخه، فيشعر بغليانه، ويشم رائحة أبخرته المحترقة..

صحيح أن أحذا لم يوجه إليه اللوم، ولكن قضية (الأوتوبيس)..
أصبحت قضيته الشخصية وأصبح عليه أن يوقفه..
ولو على جثته..
وفي ساعات الفجر الأولى، حمل (منصور) بندقية والده، وخرج ينتظر أوَّل (أوتوبيس)..
كان الجو رطبًا، والضباب ينتشر في كثافة، ولكنه أصر على التصدي لـ (الأوتوبيس)، وإجباره على التوقف عند (أجهور الصغرى) بالقوة..
وسمع صوت (الأوتوبيس)، مقبلًا وسط الضباب الكثيف، فرفع بندقيته، وهو يحاول اختراق الضباب ببصره.
ثم ظهر (الأوتوبيس) فجأة..
ظهر على بعد متر واحد منه..
وقبل أن يفعل الأستاذ (منصور) شيئًا، ارتطم به (الأوتوبيس)، وأسقطه تحت عجلاته، وعبر فوقه..
وفي (الأوتوبيس) سأل السائق زميله الكمسري:
- يبدو أننا قد ارتطمنا بشيء.. أليس كذلك؟
كان الضباب كثيفًا، والرؤية شبه منعدمة، فقال الكمسرى في لا مبالاة:
- لا تقلق.. إنه أحد الكلاب الضالة حتمًا.
هزَّ السائق كتفيه، وهو يواصل طريقه، فوق جثة الأستاذ (منصور)..
ودون أن يتوقف في (أجهور الصغرى).

☆☆☆

وا وطناه..

"(نبيل)... غير معقول"!

رفع (نبيل) عينيه، يتطلع في دهشة إلى ذلك الرجل، الذي أطلق الصيحة باللغة العربية، في قلب (كليفورنيا)، وخيل إليه لحظات أنه يشاهد وجها أمريكيًا، بذلك الشعر البني الناعم، والعينين الزرقاوين، والقامة الفارهة، ثم لم يلبث أن استوعب الوجه وصاحبه، وهتف بدوره:

- (أكرم).. يا لها من مصادفة!

اندفعا يتصافحان في حرارة، وسط الشارع المزدحم، وانطلق نفير السيارات الغاضبة، فجذبه (أكرم) إلى الإفريز المقابل، وهو يقول:

- عامان كاملان لم أرك فيهما في (مصر)، ثم نلتقي هنا في (كليفورنيا)!.. يا لها من مصادفة بالفعل!.. كيف حالك يا رجل؟

لم يجب (صيرى)، وهو يتطلّع إليه، واكتفى بابتسامة باهتة، وعقله يسترجع فجاة تلك الذكريات، التي لم تفارق ذهنه قط، طوال عامين كاملين، قضاهما هنا في الغربة، يجتر الأحزان والنكسات والهزائم، ويقاتل بيديه و أسنانه؛ ليحيا وسط المجتمع الأمريكي، في قلب (كليفورنيا)، حيث يحيا الأمريكيون أنفسهم في معركة طاحنة لا تنتهي، للحصول على لقمة العيش..

تذكر تلك المسابقة، التي كانت بداية كل شيء..

كان يسعى للحصول على تأشيرة السفر إلى الولايات المتحدة الأمريكية، عندما قرأ الخبر في صحيفة يومية واسعة الانتشار..

خبر إقامة مسابقة أدبية كبرى، للأقلام الشابة، والعقول الجديدة، مع تأكيد من أحد المسؤولين الكبار بالحياد التام في التحكيم، وفي اختيار الفائزين..

ومع الخبر نسي السفر والتأشيرة..

بل ونسي أن خريطة العالم تحوي قارة اسمها (أمريكا)..

كان هذا حلم حياته..

أن يصبح أديبًا..

وبكل الحماس والهمة، راح يبحث عن فكرة جديدة، تصلح كقصة صغيرة، أو رواية متوسطة، يضع بها اسمه بين أسماء المتسابقين، عسى أن يفوز بالجائزة، ويلمع اسمه في عالم الأدب، و...

ولم يكتمل الحلم..

في الصباح التالي فحسب، قرأ خبرًا آخر، يقول: إن الأديب الكبير (فلان الفلاني)، سيشترك في المسابقة الأدبية .

وامتلأت نفسه بالحنق، والسخط، والحقد، والمرارة.. لماذا يُقحم الأديب الكبير نفسه في مسابقة كهذه؟..!
إنه لا يحتاج، أو لم يعد يحتاج إلى الشهرة أو الشراء أو إثبات الذات..
لقد بلغ تلك المكانة، التي تؤهله للفوز بالمسابقة، اعتمادًا على اسمه وسمعته فحسب..
حتى لو كانت روايته في غاية التفاهه.. إنه سيربح المسابقة حتمًا..
سيضيع الفرصة عليه، وعلى أمثاله من الشبَّان، الذين يحلمون بدخول عالم الأدب والشهرة، ولو من أبوابه الخلفية والضيقة..
ومع حنقه وانفعاله أمسك أوراقه وأقلامه، وراح يكتب قصة قصيرة عن كاتب كبير، أصر على أن يقف دائمًا حجر عثرة، في طريق المواهب الشابة الجديدة..
وكتب.. وكتب.. وكتب.
كل مشاعره نقلها إلى الأوراق..
كل انفعالاته تركها تتدفق عبر قلمه، حتى فرغ..
وفي الصباح الثالث، وصلته موافقة السفارة، وتأشيرة السفر، فأرسل قصته بالبريد، وأنهى إجراءاته، وقرّر أن يترك (مصر) إلى الأبد..
وبعد أسبوع واحد كان في قلب (كليفورنيا)..
وهناك بدأت المتاعب الحقيقية..
نام طويلًا على الأرصفة..
أكل بقايا الأطعمة..
نخر البرد عظامه كلها عظمة عظمة..
ومرة واحدة تعرَّض لمحاولة سرقة، ولكن السارق لم يجد لديه ما يستحق، فمنحه دولارًا، وانصرف عنه إلى ضحية أخرى..
ثم عثر على عمل..
كان يجمع القمامة من منتصف الليل إلى الصباح التالي، ثم ينام في مخزن قديم، من الصباح إلى المساء، ليبدأ دورة البحث والعمل من جديد..
وطوال عامين كاملين، راح يتنقل من مهنة إلى أخرى أكثر سخافة، حتى استقرّ به الحال أخيرًا في محطة بنزين كبيرة، حيث يعمل كعامل..
كان أجره يكفيه بالكاد، ولكنه لا يستطيع التخلّي عنه، حتى يجد عملًا أفضل..
وطوال العامين قطع كل صلة له بـ(مصر)..
لم يحاول حتى الاختلاط بالمصريين..
كان ينسلخ من جلده كله..

من انتمائه..
ومن من ذكرياته..
ولكن ما هو ذا (أكرم) صديق الجامعة يظهر فجأة، ويعيد إليه ذكرياته كلها..
"أين أنت الآن؟"
انتزعه (أكرم) من ذكرياته بالسؤال، فالتفت إليه بنفس النظرة الخاوية، وهو يجيب:
- هنا.. أعمل في محطة بنزين.
هتف (أكرم):
- محطة بنزين؟!.. من يصدّق هذا؟!.. (نبيل علوان) يعمل في محطة بنزين؟!.. يا لسخرية القدر !
قال في عصبية:
- أية سخرية؟.. أنت تعلم أن مؤهلنا غير مطلوب هنا، ولا يمكننا معادلته، ولم أكن ناجحًا في (مصر)، و...
قاطعه (أكرم):
- أنت؟!.. أنت لم تكن ناجحًا؟!.. كيف يا رجل؟!.. ألم تطالع صحيفة مصرية واحدة منذ عامين؟.
حدَّق (نبيل) في وجهه بدهشة، وقال:
- ماذا تعني؟
هتف (أكرم):
- لقد ظلت الصحف تكتب عنك يوميًا، طوال شهر كامل، وكل صحفي في (مصر) يبحث عنك، والجميع يقولون أنك موهبة خارقة.
قال ذاهلًا:
- أنا؟!.. أنا يبحث عني الجميع؟
زفر (أكرم) في أسف، وقال:
- كان هذا منذ عامين، أما الآن فلم يعد هناك من يذكرك.. ياللخسارة!.. كانت فرصة عمرك يا (نبيل).
سأله وهو يكاد يسقط أمامه:
- لماذا؟.. ماذا حدث بالضبط؟
ضرب (أكرم) كفًا بكف، وهو يقول:
- أتعني أنك حتى لم تعرف؟؟.. يا للعجب!
ثم مال نحوه، مستطردًا في عمق:

ـ لقد فزت يا رجل.. فزت في مسابقة القصة القصيرة، وفجرت قصتك (ريَّان يا فجل) حماس النقَّاد والكتَّاب.. فزت حتى على الكاتب الكبير نفسه.

وسقط فكه السفلي في ذهول..

وهوى قلبه بين قدميه..

إذن فقد أتت الفرصة..

وذهبت..

ولأوَّل مرة، منذ وصل إلى (كليفورنيا)، شعر (نبيل) بوحدة عجيبة، وبأن ناطحات السحاب الشهيرة تزداد ارتفاعًا، وهو يزداد بينها ضآلة وانكماشًا..

وأخذ (أكرم) يتحدَّث، ويتحدَّث، ولكن (نبيل) لم يعد يسمعه..

لقد ابتلعته المدينة المزدحمة..

وسحقته الوحدة، وهو يصرخ في أعماقه..

وا وطناه..

متى يموت؟

انطلق (طارق قنديل) بسيارته، في ذلك الطريق المظلم، الذي يربط قريته بالطريق الرئيسي، وهو يهمهم بكلمات ساخطة غاضبة، ويعقد حاجبيه في توتر وسخط..

كان قد خسر منذ قليل، واحدة من الصفقات، التي بنى أحلامه وآماله عليها..

ولم تكن هذه أوَّل مرة يخسر فيها صفقة..

ولا أول مرة يغضب على هذا النحو..

كان بطبعه شخصية ساخطة، ناقمة، متوترة، يكرة كل ما يمكن أن يمسه بأدنى سوء، حتى ولو كان هذا السوء من وجهة نظره فحسب.

وفي حنق، هتف (طارق):

- لماذا لا أصبح مليونيرًا؟!.. لماذا لا أصل إلى ما وصل إليه غيري؟

لم يكد ينطق عبارته هذه، حتى أضيئت الدنيا كلها أمامه بغتة..

في البداية تصوَّر أنها سيارة قادمة، أو شيء انفجر، ثم لم يلبث أن انتبه إلى فجوة عجيبة، تكوَّنت في الهواء..

وخلفها كان المشهد مذهلًا..

كان هناك طريق ممهَّد، وآلات طائرة، وأشياء أخرى مبهرة، لم يفهم ماهيتها، وإن أدرك على الفور أنها نتاج تكنولوجيا مذهلة، لم تبلغها حتى الولايات المتحدة الأمريكية نفسها..

وسط كل هذا، كان هناك رجل..

رجل يرتدي ثيابًا عجيبة، ويمسك بيده شيئًا يشبه الجريدة..

وفي ذعر، حدَّق كل من (طارق) والرجل في وجه الآخر، قبل أن يضغط (طارق) فرامل سيَّارته، بكل ما يملك من قوة، ويتراجع الرجل في حدة ورعب..

ثم دوى ما يشبه الانفجار..

انفجار مكتوم، تردَّد في أذني (طارق)، قبل أن تندفع عشرات الأشياء، لترتطم بمقدَّمة السيارة، ثم يهدأ كل شيء، ويعود الظلام إلى المكان..

ولثوان، ظلّ (طارق) داخل سيَّارته، ذاهل العينين، شاحب الوجه، ثم لم يلبث أن هتف:

- ما هذا بالضبط؟

استجمع شجاعته، وغادر السيارة، وتطلّع أمامه في توتر، حيث كانت الفجوة، ثم التفت إلى مقدمة سيارته وزجاجها، وقد تناثرت فوقها أشياء شتى، نصفها بالغ الغرابة بالنسبة إليه.
ولكن أكثر ما جذب انتباهه تلك الجريدة ..
وفي حذر، مد يده يلتقطها..
كانت جريدة الأهرام، ولكنها مطبوعة على شيء يشبه الكاوتشوك، له ملمس رخو مريح، وكل الصور والرسوم بها مجسمة، مطبوعة بأسلوب عجيب، حتى لتبدو حية متحركة..
حتى الإعلانات كانت مدهشة..
وبالذات إعلانات العطور..
كل إعلان كان يفوح برائحة العطر المعلن عنه..
وبسرعة، قلب (طارق) الجريدة، ليقرأ تاريخ صدورها..
ثم شهق في انبهار..
كان تاريخ صدور الجريدة هو الثالث من نوفمبر، عام ألفين وستة وستين.
وهتف (طارق)، بكل الانفعال في أعماقه..
- رباه!.. لقد خشيت مجَّرد التفكير في هذا، ولكنها حقيقة.. حقيقة تشبه ما نشاهده في أفلام الخيال العلمي.. لقد انفتحت فجوة بيني وبين المستقبل.. فجوة قذفت كل هذه الأشياء بين يدي، ثم تلاشت.
كان جسده بيرتجف في انفعال وانبهار، ولكنه أسرع يجمع كل تلك الأشياء التى قذفتها فجوة المستقبل، وانطلق إلى منزله في (القاهرة)..
وفي حجرته، راح يلتهم تلك الجريدة التهامًا..
قرأ كل الأخبار، والمقالات.. وحتى الإعلانات..
وتضاعف انبهاره أكثر وأكثر..
كان يجوب المستقبل، دون أن يبارح مكانه..
وبدا له هذا المستقيل مبهرًا، حتى أنه هتف:
- يا للروعة!.. لن يصدَّق مخلوق واحد ما حدث لي.. إنها معجزة.
قلب الصفحة الأخيرة للجريدة المسقبلية، وتطلَّع في إهتمام إلى صورة لشيخ وقور، بدت له مألوفة إلى حد كبير، فتساءل عن اسم صاحبها، و...
وفجأة، وثب من مكانه، وهو يطلق شهقة قوية..
وأسفل الصورة، قرأ بحروف مضيئة عبارة تقول:
- توفى أمس المليونير المعروف (طارق قنديل)، وسيقام العزاء في قصره، في (مصر الجديدة).

إنه هو..

إنه يقرأ خبر وفاته..

ارتجف جسده، وألقى الجريدة جانبًا، وراح يلهث في انفعال..

ليس من السهل أبدًا أن يقرأ المرء خبر وفاته، حتى ولو كانت هذه الوفاة ستحدث بعد أكثر من خمسة وأربعين عامًا..

ثم فجأة، انتبه إلى الأمور الأخرى ..

لقد وصفته الجريدة بأنه مليونير معروف، يمتلك قصرًا في (مصر الجديدة)..

لقد نجح إذن..

أو سينجح..

لقد عرف هذا الآن..

راح يطلق صيحات ظفر وسعادة، وهو يقرأ الخبر مرات ومرات، ثم لم يلبث أن ألقى الجريدة جانبًا، وألقى جسده على فراشه، وابتسامة واسعة تلتهم وجهه كله.

إنه سيصبح مليونيرًا..

هكذا يقول المستقبل..

والأعظم أنه يعرف بالتحديد تاريخ وفاته..

الثالث من نوفمبر، عام ألفين وستة وستين..

إنه أوَّل مخلوق في العالم، يعرف تاريخ وفاته بالتحديد.

اعتدل جالسًا، وقال في حزم:

- لا خوف بعد اليوم إذن.. الموت بعيد عني تمامًا.. بعيد بأكثر من خمسة وأربعين عامًا.

وفي اليوم التالي، بدأ (طارق) صفقاته الناجحة..

كان واثقًا من النتائج، بعد ما قرأه في جريدة المستقبل..

ولأوَّل مرة، ربح صفقة كبيرة..

ثم ثانية..

وثالثة..

ورابعة..

وطوال خمسة أعوام، لم يخسر (طارق) صفقة واحدة، وصار ثريًا ومعروفًا..

ثم اشترى ذلك القصر في (مصر الجديدة)..

اشتراه وأقام فيه مع أشقائه وأمه..

ومع الجريدة..
لم يتخلص منها قط، بل كان يختلي بنفسه في حجرته أحيانًا، ويقرؤها في سعادة، وكأنما لم يطالعها قط من قبل..
وامتلأت نفسه بالثقة..
إنه سيموت مليونيرًا ومعروفًا..
وفي موعد محدود..
وهكذا أصبح (طارق قنديل) شديد الجرأة والشجاعة..
وذات يوم، كان يقود سيارته الجديدة، وإلى جواره خطيبته، التي شعرت بالخوف من تلك السرعة الفائقة، التي يقود بها، فقالت:
- (طارق).. أرجوك.. لا تقد السيَّارة هكذا.
أطلق ضحكة عالية، وهتف :
- لا تخافي.. لن نموت الآن.
قالت في ضراعة:
- أرجوك يا (طارق).
قهقه ضاحكًا مرة أخرى، وزاد من سرعة السيارة أكثر وأكثر بلاخوف..
وفجأة، ظهرت تلك السيارة الضخمة..
وصرخت خطيبته:
- احترس يا (طارق).
وحاول هو أن يضغط فرامل السيارة..
ولكن الاصطدام حدث..
وأظلم كل شيء من حوله.
لم يدر كم ظلّ فاقد الوعى، ولكنه استعاد وعيه مع آلام رهيبة، تسرى في جسده كله، فحاول أن يتحرَّك، أو يضع يده على عظامه المتألمة، ولكنه عجز عن هذا تمامًا..
ثم سمع صوتًا إلى جواره، يقول:
- خطيبته لقيت مصرعها على الفور، أما هو فما يزال على قيد الحياة.
كانت الآلام عنيفة، ولكنه أدرك أن الذي يتحدث هو طبيبه الخاص، وحاول أن يشرح له آلامه وعذابه، ولكنه لم يستطع النطق، في حين سمع صوت شقيقه يقول:
- وكيف حاله الآن؟
بدا له صوت طبيبه مفعمًا بالأسى، وهو يقول:
- إنه أشبه بالموتى، فهو في غيبوبة تامة، لا يستطيع الحركة أو النطق.

سأله شقيقه في هلع:
- وهل تعتقد أنه سيشفى؟
أجابه الطبيب في مرارة:
- إنها حالة مجهولة، لم يشف منها شخص قط.. الأرجح أنه سيقضي ما بقي له من العمر، في هذه الحالة..
صرخ (طارق):
- ولكنني هنا.. أشعر وأسمع.. أنا أسمعكما.
ولكن صرخته هذه لم تتجاوز أعماقه..
لم يسمعه أحدهما..
أو حتى يشعر به..
وتصاعدت الآلام..
واشتد العذاب..
وهتف (طارق) لنفسه:
- ألن ينتهي هذا العذاب أبدًا؟.. ربَّاه!.. كم أتمنى الموت، لينتهي العذاب والآلام.
لم يكد يفكر في هذا، حتى انطلقت صرخة في أعماقه..
صرخة تموج بالرعب والهلع..
لا.. لن ينتهي العذاب..
هو وحده يعلم هذا..
أمامه أربعون عامًا من العذاب..
أربعون عامًا حتى يموت..
وانهارت أعماقه في يأس..
لقد فقد حتى الأمل..
الأمل في أن ينتهي عذابه بالموت..
وللمرة الثالثة، تردَّدت في أعماقه صرخة مريرة..
ليتني لم أعلم..
ليتني لم أعلم..
وظلت هذه الصرخة تتردَّد، وتضاعف العذاب، طوال أربعين عامًا أخرى..
وبلا توقف..

☆☆☆